E
Ser   Serrano, Lucia.
          ¡Yo quiero una
          mascota!

¡Yo quiero una mascota!

Lucía Serrano

thule

Yo quiero, yo quiero...
¡un rinoceronte!

Pero los rinocerontes

son demasiado grandes...

Yo quiero, yo quiero...
¡una jirafa!

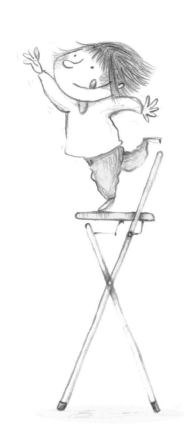

Pero las jirafas
son demasiado largas...

Yo quiero, yo quiero...
¡un cocodrilo!

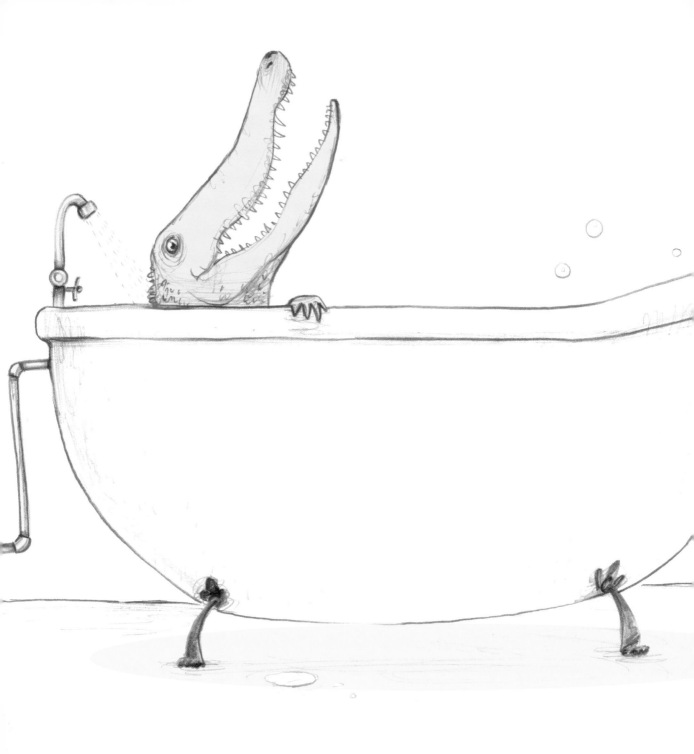

Pero los cocodrilos

tienen demasiados dientes...

Yo quiero, yo quiero...
¡un pingüino!

Pero los pingüinos
son demasiado calurosos...

¡Ya sé lo que quiero!

¡Yo quiero un caracol!

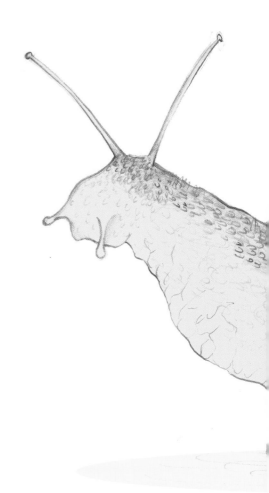

Los caracoles no son demasiado grandes,
ni demasiado largos.
No tienen demasiados dientes,
¡ni son demasiado calurosos!

Tengo una mascota
casi perfecta.

¡Yo quiero una mascota!

© 2009 Lucía Serrano (texto e ilustraciones)
© 2009 Thule Ediciones, S.L.
      Alcalá de Guadaíra, 26, bajos
      08020 Barcelona

Director de colección: José Díaz
Diseño y maquetación: Jennifer Carná

ISBN: 978-84-92595-27-3
D. L. : B-18648-2009

Impreso en Gráficas 94, Sant Quirze del Vallès

wwwthuleediciones.com